詩托邦

Poetry Utopia

蔡欣洵

小吳，這本書給你。

以後，假如你對人生有所懷疑，

請你記得，是你豐富了我的人生。

你是我的烏托邦。

目次

卷二 ｜ 歷史學家之死

卷三 ｜ 荒謬日記

序一

把稻穗，腐化成餘生的護身符◎范俊奇

知道蔡欣洵寫詩比寫散文還要勤，其實是比較後來的事了。我是讀過蔡欣洵結集的散文才開始讀她完整的詩集。因此難免驚訝，原來她的詩和她的散文一樣娟秀，但她的詩——卻遠遠比她的散文掖著更大的企圖心，也隱隱藏著比她的散文更尖銳、被一層一層的現實裹挾著的溫柔。是。尖銳的溫柔。用詩的尖銳詞彙，抗議人事的乖張，也用詩的抒情主體，溫柔人世的惆悵。

而關於詩，我常常說——有詩的地方就沒有塵埃，詩是最秀靜的「無人吸塵機」，把你嵌入記憶縫隙的淤血，也一併「清乾理淨」。我一直是這麼樣以一種最日常的角度去理解一首詩，以及去消化一首詩對生活的叩問和對生命的自我鬆綁。

也許是因爲蔡欣洵和我都來自同一個逐漸被歲月模糊的原鄉，所以她的「詩心」，以及她頻頻回過頭思念故鄉的「私心」，其實我也偶爾演習，其實我都熟悉。就算她冰涼地擱下一句，「世界一如你所想的那麼冷」，我也十分明白，她想說的是，就算人世如何顛簸，只有我們北方老家的象嶼山，無論什麼時候回頭望過去，都在我們的記憶裡巋然不動，翠綠暖和。

正因為我們都懷抱相互重疊的鄉愁，於是蔡欣洵寫的，「不經意的打開窗／月亮蹦入懷裡／跌滿一地都是金黃的稻穗」，我讀到了在某一個空間點我們原來有著緊密的關聯，並且完全明白下來 —— 原鄉或家鄉，到最後，終將變成故鄉和他鄉。這種不著痕跡的城市人的漂泊，詩，於是成了最好的註腳，在抽象和寫實之間，在淡素的句子和悠然的意境之外，詩裡的字句，穩定了無止境的浪跡，也確定了社會學裡頭，每一個外鄉人的身份認同——「漂泊」也是一種身份。

於是我看見詩人在歲月裡疾走，她把滄桑和歷練緊緊地攬進懷抱裡，把用詩句一磚一瓦建立起來的詩托邦，留給女兒小吳，她要女兒小吳從她的詩裡依循她的〈遺言〉——「記得把我收藏的稻穗防腐成你餘生的護身符。」而她的詩心，其實也溢出她給女兒留詩的 「私心」，恬靜而飽滿，並且希望詩可以走出冊頁，散逸在日常生活當中，甚至「攤開皺了的長詩，把字，一顆顆熨平」，然後在摸索人生的詩句裡，安頓生命的流離。

而在一地踉踉蹌蹌跌碎的影子裡頭，如果用心拼湊，多少還是拼湊得出當年印象中梳著兩條粗辮子，依在課室外的白墻上穿著水藍色的校服，清秀而靦腆的小學妹。雖然她的眼角，在我們再見面時，如她所詩，「已經泛起一道母親的漣漪」。

就好像怎麼都記不起來，年輕時我們在哪裡讀詩 —— 在列車自動開啟的玻璃門上？還是在少年企圖以字定情的梧桐葉面？抑或是實驗室內夾在化學課本的詩集裡？但我知道，中年以後，詩總是在我們轉過頭看著一哄而散的青春，然後苟延殘喘的無可奈何裡，不徐不疾，一閃而過。

詩有時候是詩人的自畫像，描繪她生活的輪廓，勾勒她內心的線條。蔡欣洵的詩也有生活的趣味，譬如她寫〈日常詩人〉的自我調侃；寫〈病詩四首〉的無奈；還有〈我想念你的 30 件事〉的島國瑣記；甚至〈如何一個人吃晚餐〉的自我嘲弄，也活潑，也憂傷，也生動，也沉重，但生活畢竟就是那麼一回事，至少在《詩托邦》緊密的詩質裡，我讀到了今昔交映，蔡欣洵的詩在素雅中前進，細膩而靜謐地，召喚想象，和歲月糾纏。

序者 ／ 范俊奇，出生於馬來西亞北部，吉打州人。新聞系出身。曾任時尚及女性雜誌的主編。范縱橫時尚界、娛樂界、媒體界多年，專欄散見馬來西亞各報章與雜誌，著有《鏤空與浮雕》、《鏤空與浮雕 II》、《鏤空與浮雕 III：幻滅，也是一種成全》。

序二

樹未必一定長成樹的樣子◎潘正鐳

孔夫子曰「未知生焉知死」，對照西方哲人海德格（Martin Heidegger）的「未知死焉知生」，引古今多少隨眾競相詮釋。中生代詩人蔡欣洵詩集《詩托邦》，意不在探索或參尋此人生之大命題，卻見反覆以「死生」的念想穿梭，浮游語言水波，借之導引，漫步詩的閱賞道上。

波蘭諾獎詩人辛波斯卡（Wisława Szymborska）名詩《博物館》（Museum），物比主人不朽。大詩人趣筆固幽人類同胞一默，讀者則得出反向理解：物之永恆，賴的端是來者的接棒賦予。不是嗎？斯人已逝，人們仍在用各種語文複讀《博物館》。

《詩托邦》的「卷一：時間的旅人」開篇〈氣味博物館導覽〉，詩從嗅覺出發，導人以行。「我們不是從死亡開始嗎」——這疑問句不以「？」號打結，導覽在於給出人們品出「忘記的味道」。忘記，許是朝向見山見水三重奏的起步。

詩情正茂的年華，卻屢屢將「死亡」，並非「死神」這一意象，當成她的長筒望遠鏡，視望生死之往來，著實令人訝異。詩的貴處往往就出於訝異。蔡詩中的「死亡」不恍惚、不荒蕪、不荒誕，無有恐懼，純粹潛意識具象化的精神形態。

歷史悠久的梧槽路（Rochor Road）組屋拆遷在即，她別出心裁作詩舉辦一場人情念念「因為不存在／所以存在」的餘韻告別〈葬禮〉。她寫〈第四期彌留〉、寫〈胎隕〉，即便面對生命裡不應該過早的發生，傷傷而哀，手法節制。寫輕生剎那的〈跨越〉，自我了結對上意志之門，筆調冷峻，而過程中主角思路清明，一首隱喻豐饒，以散文寫作的獨白詩。

〈阿爸的收藏品〉，一個人子在心田中佈置的永別 ——這種儀式、悼念，永無時空上限。詩人娓娓道來之藏品，件件皆染感情色彩，出奇的一記塵歸塵土歸土的天地枯寂：「還有半截枯樹／等待和泥土重逢／／阿爸，過橋了／阿爸，回家了」。流露無可言喻的悵然。

死亡之為詩，來到「卷二」，輯名「歷史學家之死」，直白標示。同題詩僅三行：「把膝蓋移植到脖子／把眼睛移植到腳板／拿心臟填補歷史的坑」。一幅超現實的駭人圖景。

超現實往往是個陷阱，好險！詩人用「良知」救活了此作。這種寫法她也似乎下不為例。

到了「卷三：荒謬日記」，輯中出現了三聯屏：〈運動員之死〉、〈演說家之死〉、〈螞蟻之死〉。

其中的〈運動員之死〉假死亡之名，天問存在的意蘊。

運動員的自我鍛煉，奮進提升，力攀以登峰，周而復始。永無止境的追求，讓人想到希臘神話裡的西斯弗斯（Sisyphus），徒勞即是存在的意義。這首詩精準地以慢鏡頭勾勒運動員的蓄勢待發，孤心苦練的情景。山路逆轉，鏡頭大力內拉，詩人竟置運動員於死地 ——「然後轟然一聲……／／臉　貼著被踐踏的大地／啊不，被踐踏的他的影子……／／他仍然在思考著／運動的意義」。

何以突破徒勞的悲劇？存在的理由在於思考意義？

〈油漆未乾〉橋段剪裁得像齣微電影。在一間偌大、刻在裝修的空房子：「我撿起不知誰留下的／過期報紙，缺了一角／訃告上的名字有半個鞋印／踩著笑盈盈的一個逝者／這日期，正是我死去的那天」。稀鬆平常，陰陽反寫，情節詭異。蔡詩中打轉的「死亡」，誠然不全是陰影，她畢竟是位能夠牽著一尾魚去散步的詩人。

日常生活中，沾在一張紙巾上或混在會議記錄本裡，蔡欣洵習於利用隨身的便利留下一瞬間的詩想。猶如在風過處，伸手抓一把鳥聲蟲鳴，不去驚動誰。這「詩密」的種子，茁長來自心靈的「聽寫」。樹未必一定要長成樹的樣子，這是創作迷人的地方。欣洵的詩集《詩托邦》，在此邦域，生命事物形神姿態不一而足，當然不盡然是驚異。比如，她的小詩〈熨衣〉：「攤開皺了的長詩／把字，一顆顆／熨平」。看看，手機屏幕上按出的可真是繆斯的偏心。

序者 ／ 潘正鐳，曾任《新明日報》總編輯，《聯合早報》副刊主任。著有詩文集《太陽走過半個下午》，詩集《再生樹》、《天毯》、《天微明時我是詩人》等。

卷一

時間旅人

氣味博物館導覽

歡迎來到氣味博物館
這裡有 1357 種氣味
請你閉上眼睛，讓你的鼻子走路
讓我帶你把氣味包裹

這是 5 號味道。你猜是什麼？
唔，確實是殯儀館
我們不都是從死亡開始的嗎

93 號，我還在剛剛翻土的田野玩
那翻風的禾浪啊，正年少著呢
那憤怒的農民啊，正暴動著呢
（1980 戒嚴了，他們說）

而 125 號已經很老了

老得被遺忘在北半球的地下室
老得在那樣的嚴冬也無動於衷

1992 年島國的雨下在 145 號
你也許不記得了
但是那雨在 174 路巴士裡
凝結成一團冷峻的拒絕

189 號是紅磚的味道
那該死的騎電單車的男孩約了我
在紅磚圖書館旁吃雲吞麵卻忘了出現
還有那 230 號，是毛里求斯的海鹽
初戀的情人低聲說著法語
連接吻都是鹹鹹的

記得嗎？576 號是陰濕的泥土
祖先生了根盤踞在斑駁的墓碑上
忽然從中裂開，飛出兩隻迷路的蝴蝶
還有啊，799 號的人去樓空
瀕死的空氣，停擺的時鐘
是不是有垂死腐朽的掙扎

我們不都是從死亡開始的嗎

過來，這裡，這裡是 1034 號
就是消毒藥水
麻醉師閒話家常的當兒忘了劑量
我睜著眼看著我的心不安靜的和前世今生較量
操刀的醫生還赫赫的猙獰著

嗯，這是 1357 號了
如果你還留戀這裡
就聞一聞 1357 號
這是
忘記的味道

第四期彌留

——悼一名風華正茂卻無奈提早離世的女子

這樣說來　你早有預謀
要把我自人間解僱
以這樣的方式來向我宣佈
我的死線
藉由外人的口中
如此冷峻　如此平靜

我很想一窺你手中的名單
我之前是誰
他有沒有老至耄耋有沒有福壽全歸
我之後是誰
他有沒有刻骨銘心的愛情有沒有像我
還來不及說出口
就要遠行

我也很想質問你的決定
我走錯了哪條路
忘記了哪條規矩
我答錯了哪條題目
為什麼時鐘還沒停擺就不讓我作答
為什麼只有六個月的期限
不是說好開到荼蘼的嗎
為什麼還沒盛開就讓我枯萎

而原來一開始你就早有預謀
原來我站在懸崖和你拔河
原來所謂的仍有光彩所謂的亮麗未來
都是你蒙蔽我的魔術
讓我以為可以回春

於是我開始了離職的準備
一點一滴的還給你我的
頭髮
　　　　肌膚
　　　　眼淚
　　　　血液
都還給你

在生命的邊界
我和你一樣屬於黑暗
啊　不對
我被你引領至黑暗的盡頭
此時　我輕輕的走過
自門縫瞥了一眼
留戀被遺棄的在邊界的

不捨

他們都說這叫彌留

於是和我說了

再

見

夢魘

你在三更半夜驚醒，被黑暗吞噬著。你睜不開眼睛，因為黑暗不讓你。你掙扎著惶恐，跟黑暗苦苦對峙。那是一頭獸。一頭受困的獸。而你，與受困的獸炯炯對望。你們都沒有出路。

因為你睜不開眼睛，所以你連心靈的雙眼也閉上了。然後等待。

一輩子。兩輩子。三輩子。

一直等到你自這宿命似的囚禁中自由。你緩緩睜開眼睛。

窗外，

陽光正燦爛，
天空正藍，
風和日麗。

願你心中長出一首詩

我看著你在遊樂場嬉戲
假裝正在興建一座城市
你建高樓，建道路
還要許多汽車天橋
你和陌生的玩伴說
這些馬路要通往你們嚮往的天堂

我看著你在玩泥沙
假裝正在摧毀一座花園
你拔除花草，推倒樹木
你看著被荊棘割出血的雙手
你和陌生的玩伴說
這座花園荒蕪太久，花　太荼靡

我看著你在玩耍

看著你失望，你憤怒

看著你哭　你笑　你激動

或者我們不能給你一道彩虹

沒有小白馬　獨角獸

如果我們只看見煙霧瀰漫

如果只聽見未來的輓歌

但願你　心中仍然長出一首詩

葬禮

你想起那年炎熱的五月
油漆的味道嗆著你的鼻
但是你無故的就興奮起來
就好像過年喝 Fanta[1]
忽然覺得特別涼爽

你記得隔壁的小明總在下午六點
被媽媽呼喝著回家吃飯
七樓的印度 uncle[2] 喜歡穿著沙龍 [3]
在大門口納涼調戲走過的姐姐
而 C 座的蓮妹和你在四樓看剛出生的小貓咪

你總以為傍晚回家的路途特別香
因為你知道 Aunty Lakshmi[4] 喜歡煮咖哩
阿福奶奶又滷肉了

而媽媽星期四一定炸雞翅膀

你喜歡初一十五到對面的觀音廟合十
然後靜靜的膜拜被遺忘的華陀
又或者到香燭店串門子
叔叔就會悄悄給你一串念珠

你已經習慣走過陰暗的梯級
習慣排水道的異味
習慣漸漸斑剝的牆壁
習慣日益吵雜的交通

所以在這最後一夜
你站在十二樓憑弔歲月

我們都必然要出席這場葬禮
畢竟這地方也經歷了一次生老病死
來生輪迴成高速公路
那時　如果你經過
請讓你的嘴角開出一束花
讓記憶回來

因為不存在
所以存在

後記 ／ 梧槽路有四棟老組屋（新加坡公共房屋），很多居民住了很長的時間。組屋被政府徵用，作為發展用途。老居民於是必須搬遷。梧槽路組屋從此不再。

註釋

[1] 美資的德國碳酸飲料品牌，常見於東南亞一帶，尤其是柳橙和葡萄口味的 Fanta Orange 和 Fanta Grape。

[2] Uncle：在新馬一帶可泛指成年男性，同叔叔一詞。

[3] 沙龍：又譯紗籠，是馬來文 Sarong 的譯音詞，是東南亞一帶的傳統服飾。主要以長片布料的兩邊縫在一起、做成寬大的圓筒狀長裙，男女通用；以印度尼西亞的峇迪沙龍特別著名。

[4] Aunty Lakshmi：Aunty 在新馬一帶泛指成年婦女，同阿姨一詞；Lakshmi 則是印度女性的名字。

胎陨

被告知你悄悄地來探訪
以兩公分的身高
匍匐於牆上
我暗自竊喜，不動聲色的偷窺你
深怕把你驚嚇
因為你呵
你沒有眼睛沒有四肢沒有
軀體
可是你是一股洪流
引領我浮沉

被告知你悄悄的離去
以兩公分的烙印
我在深夜溺斃在血泊中
原來嘰嘰喳喳的頭髮毛孔

細胞
忽然都寂靜了
留我在日光裡竟沉淪

許是你為了避免結束你避免了一切開始
可是你忘了日月是一場輪迴
誰是誰的最初，誰又是誰的終結

被告知你來了又去了
以兩公分的墓誌銘
於我以萬劫

跨越

我想你永遠都不會知道，二十五樓其實離地獄更近，離天堂更遠。這條路其實並不崎嶇迂迴，因為通往黑暗的盡頭只有黑暗。在離地八十米的邊緣，我是被黑暗蒙蔽的瞎子。所以風聲停了，啼哭聲靜止了，呢喃聲遠了。我聽見更深沉的寂靜而這樣的寂靜誘惑著我向更深的黑暗跨越即便我知道這一步就是永恆我卻不願不願，不願回頭。日子似有焦味之警告，這樣的死亡的焦味誘惑著我向更遙遠的盡頭跨越即便我知道這一步就是前世我卻願意願意，願意回去。於是我飛翔了。誰管上帝住不住在廿五樓呢。誰管有沒有上帝呢。我詭異地微笑。你看見我扭曲的身軀。在地上。我已經在地獄的門口。不要再將我防腐。

搬家

　　或者就這樣分手算了讓我孑然決絕離開只留下空白的牆讓你回味又或者不回味只是左手抓住黑白照片右手握著泛黃卡帶聽著回聲裊裊於是我把悲傷裝箱把戀愛裝箱把憤怒裝箱把看見的看不見的你要的你不要的我要的我不要的想做的沒做的知道的不知道的相信的不相信的笑過的痛過的愛過的恨過的都裝箱而我終於要離開卻仍然離不開看左邊身子往右走看右邊身子眷戀著左邊直到終於要離開我瞥見空蕩蕩的牆角有一顆眼淚躺著在顫抖

魚

我牽著我的魚去散步
在海邊我踩著夕陽牠喊痛
報復的刺著我的黑眼睛
我那鱗光閃閃的魚
睥睨著我

我要給我的魚洗澡
造一座花園
每天早晨我要給牠擁抱
我夜歸，牠守著一灘死水
近乎孤獨致死
我狂歡，牠平躺在水面
近乎寂寞窒息

我牽著我的魚去散步

我不敢觸摸牠的滑溜溜濕噠噠
深怕那腥味鑽進我的呼吸
然後我就長出了腮

啊，也許我本該就長出腮
長出了鰭
我應該就長出鱗片
黑眼睛變成紅眼睛
而不是如此人模人樣

我的魚也許會因此更快樂

我帶著我的魚去散步
看著牠張嘴，閉嘴，張嘴，閉嘴
說，不夠不夠不夠不夠
不夠不夠不夠不夠

結婚週年紀念日

浪漫太奢侈，你說
我們吃茶去
我捲縮在遙遠的繾綣裡
依戀夢境的餘溫
你的雙鬢有片雪花
眼角有魚游過
嘴邊有一抹夕陽
雙手漸漸被曬乾
我輕笑，掀開一被子的溫柔
走吧，我們吃茶去

浪漫太容易，我說
我們旅行去
你俯首於善變的天氣
有時你微笑，你悲咽

有時你嘶吼，你沉默
你踩著生活的影子
在我的花園踱步
我嘆息，整理一箱子的家常
走吧，我們旅行去

茶正暖，愛情卻漸涼
這是第十九次
你給我添一茶杯的承諾
讓我們在安靜中咀嚼歲月
在顛簸中啜飲餘生

寂寞的老狗

聽說人間過了 17 年
其實，已經 119 年了
時間，怎麼過得這麼慢啊

攝氏 35 度
我的角落很陰暗
左邊，有隻老鼠在我面前打量
喂，你吃了嗎？
咦，我吃了嗎？
這裡是哪裡？
遠處，似乎有隻麻雀
站在枝頭，然後
站在我的鼻頭
喋喋不休

你在說什麼？

要我去哪裡？

嗯，我看見了我以前的兄弟

你回來陪我去旅行

還帶來我們以前的鄰居

那隻叫小紅的貓

嘿，該走了嗎？

天色已暗，寂靜漸厚重

人啊，再見了

聽說，這就叫彌留

油漆未乾

我住進偌大的空房子
四方的盒子，四面白色的牆壁
裝修的師傅來了，又走了
留下一根釘子，在牆上
他說，給你掛張結婚照

我撿起不知誰留下的
過期的報紙，缺了一角
訃告上的名字有半個鞋印
踩著笑盈盈的一個逝者
這日期，正是我死去的那天

我開燈，關燈，開燈，關燈
風來了，風止了
雨下了，雨停了

遠方，有船漸近漸遠
電話鈴聲在空房子裡歇斯底裡
搭錯線的人斷了線
鄰居的老鐘滴答滴答至心慌

我住進偌大的空房子
牆上孤零零的一根釘子
掛著半張結婚照
剩下一個寂寞的新娘

我伏在牆上傾聽石磚的故事
卻發現，油漆未乾
留下我的一個手掌
印

少年遊——致青春的米都，亞羅星[1]

聽說你偷偷的回去
抓一把稻穗藏在口袋裡
你站在翻土的阡陌行間
深深呼吸
一襲藍色的校服

你騎著紅色的野馬哈在
無人的公路馳騁
孤獨的象嶼山
年老成故鄉的鐘乳石
像你被風化的鄉愁

海墘街旁的母親河漸漸乾瘦
你看見河岸的蘆葦中有十八歲的
精靈在跳舞

跳啊跳的，忽然就蒼白了

你和年少的我在回教堂前相遇
在傍晚五點的禱告聲中
我們和夕陽齊齊隱沒
遁逃到後巷的紙紮店
恆久在殘垣的老廟裡仙去

聽說你偷偷回去呼吸一口
米香
然後駐足在日來峰
膜拜被赤道的日光豢養的土地

註釋

[1] 米都：指 Kedah，馬來西亞吉打州；亞羅星：指 Alor Setar，又音譯亞羅士打，吉打州首府。

人生清單

這樣倉促的下午
我還有很多事情要做
比如去到天涯海角，和你
在邊界線看最後一場極光
比如跋涉到峰頂
比如建一座花園
比如種一本詩集
比如奏一首貝多芬 A 大調第三號奏鳴曲
比如任性一次，懦弱一次
比如去西伯利亞收集悲情
收集多年沒有融化的雪
比如回到無人的島嶼
盡情的哭泣，盡情咆哮
比如和他擁抱，緊緊，再緊緊

比如看她穿一襲婚紗

旅途太倉促，清單太長
瞬間已經天黑

一天

05:07

月光留戀在窗台上

我乍醒，和明月靜默相望

遲疑著，心　留在哪裡

07:05

問你，生命的意義是什麼

你攤開雙手，說

不好意思，我們正忙著甦醒

10:20

一群鴿子在開會

咕嚕咕嚕咕嚕咕嚕

而你，聽見遠方在唱歌

12:44

原來只剩下一朵漸消瘦的雲

和漸褪色的藍

耳鬢厮磨

14:20

風向大樹求婚

樹含羞點頭答應

而你說，幸福啊其實是假消息

16:34

她舔著綠色的冰淇淋

舔成一隻魚

游向冰冷的星期四

18:03

給我一片黃昏

給我一張落葉

給我一首 你

19:21

雲朵競相走告

說　陽光已經遺棄大地

萬物於是開始嗚咽

23:01

濃夜和夢境調情

相約在子時

翻雲覆雨

23:59

聽見那個遙遠的人在呼喚

我　在黑暗中趕緊赴約

好讓他溫暖的呼吸在我胸口低吟

七宗罪

（一）色慾

我掐著你的脖子
要你以游絲的氣息喚我
的名字
我鞭開你的胸口
要你以血紅的心臟嘶吼
你吼啊　你　你吼啊
吼我成驚濤駭浪

（二）暴食

把你的聲音熬成一盅老火湯
日日夜夜滋潤我放浪的形骸
直至上了癮

（三）貪婪

過度貪婪你的溫度

我漸漸溶化成一面湖水

怎麼看

都變成了你

（四）懶惰

我在你的身後躲懶

只為了常常看到你的背影

我喜歡這樣懶懶的

懶成你的影子

（五）憤怒

我要把你的頭髮剪碎

把你的雪白的皮膚一片片的裁剪

然後把你蒸餾
提取你的香
讓我在你的味道泅渡
然後溺斃

（六）嫉妒

你買咖啡時輕笑
你看書時嫵媚
你的手肘碰到那人
你傾聽時咬著指甲
你這樣　你那樣
你那樣　你這樣
讓我突變成綠眼睛

（七）傲慢

我知道你會在我的眼皮底下膜拜我的眼睛

我知道你會以你的愛情舔我的腳趾頭

我知道你會以雙手挖掘你的坑

再親手將自己埋葬

因為我是你的墓誌銘

左撇子的小確幸

寫字墨水沒有沾到手
吃飯時筷子沒有和鄰居打架
剪刀可以在左手
手錶可以在右手，不必上鏈
開會可以坐在左邊，靠近門口
睡床的左邊特別舒服，可以賴床
搭地鐵可以從左邊上車
走路靠左邊走
不能拉小提琴可以彈鋼琴，可以
　打鼓
咖啡在白開水的左邊
心臟往左靠
用左手牽著你的右手

時間旅人

歡迎來到 1980 旅行團
假如你攬鏡自照，你會看到
臉容已經回春，眼睛已經回魂
旅途會更清晰

這樣吧。我們從這條巷子開始
他們都說這裡叫肉巷
你記得你在肉巷卻遇見魚
魚和隔壁的肉塊齊齊列隊
瞪大混濁的眼睛把對面香燭店
的紙人都瞪皺了
而你絲毫不覺有異味
即便走在屍體與屍體之間
因為你竟變成魚了

再走不遠，你蹲在這條載滿生活的河邊
和大人一樣洗滌日子
等待入夜後被翻炒的粿條香
你在海墘街種蘆葦，種笑，種歲月
你跳舞，舞至轉角的馬來由街

來，我們把這裡叫做十間店
你走過賣雞蛋的第五間店鋪
閉上眼睛聞著雞飼料的味道
你把黃絨絨的小雞帶回家
答應牠至死不渝

這裡，這是你在炎炎的午後
偷偷跑去的大觀戲院
吃一碗酸酸的拉沙和一碗紅豆冰

然後和外婆去看劉三姐
這樣一場山歌就唱了四十年

走，我們去港口路看看
穿過綠油油的稻田
咦，這條路走著走著怎麼就變短了
走到路的盡頭
和乘風的少年打了個照面
你在阡陌間種椰樹，種淚，種夢田
你歡唱，唱至天明營火漸熄

然則這樣的旅行不適合太長
走吧，走到舊火車站去揮別
同樣的老月台
你乘這趟列車離開

就像你乘這趟列車離開
再也回不來

備註 ／ 肉巷、海墘街、馬來由街、十間店、大觀戲院、港口路和舊火車站等，都是馬來西亞一個叫亞羅士打（Alor Setar）的小鎮的路名和地標。

耄耋之年

愛情知道你終究會回來
回到那扇藍色的門
找到 22 號門牌
記憶匍匐行走
隱約聽到來自前世的薩克斯風
你的嘴角開出一朵少女的薔薇

歲月知道你終究會回來
回到那件玲瓏有致的旗袍
找到粉紅色的蝴蝶
記憶隱匿於街角
抬頭看見成群的兒女
你的眼角泛起一道母親的漣漪

因為知道你眷戀那人
所以過早的回去
回去赴一場匆匆結束的約會
於是我們在對岸懷念
擁抱著流連在花間的你
以我們的一生

生命遺落在長河裡的時間
時間卻遺忘了歲月
歲月拋棄了那多情的少女
少女回首
看見耄耋的自己

如何一個人吃晚餐

碗筷，一副就夠
茶，要甘香的龍井
我有的是時間去回味
湯要老火，狠狠地熬
比如熬上一個人生
點綴要以三顆枸杞子
才夠精緻

菜單，一份就好
點菜像一場遊戲
今天心情不錯，來份甜品
今天感覺匱乏，來客牛扒
誰要取悅誰
誰又要埋怨誰

椅子，一張就夠
交談不需要對象
悲傷不需要伴侶
在喧鬧之中歸去一片淨土
和自己的自己約會

咖啡，一杯就可以
說，如純黑不加糖那樣的孤獨
說，如夜晚最深處那樣的專注
輕啜著單純的寂靜
和自己的自己溫存

「小姐，請問幾位？」
「一個，一個正好」

阿爸的收藏品

一張 1987 年南下的火車票
一塊藍色的 22 號門牌
一本紅色的護照，缺了一角
三箱繁體字的書
五疊信箋，地址是少年
四公升瓶裝的眼淚
一瓶私釀的鄉音

許多的求職信
幾本的剪報，關於候鳥
一箱子的陌生
一本被焦慮蹂躪的地圖
一件偽裝成島民的大衣
一隻斷了翅膀的死鴿子
一罐蔚藍的空氣還留著稻香

另一罐煙霾，讓人窒息

一本愛情長篇小說
兩個手掌印
一個盒子，裝滿人煙
一疊疊的糾結
太多的碎片，散落滿地
無數本流水賬的記事簿
30 本疲累的日曆

還有半截枯樹
等待和泥土重逢

阿爸，過橋了
阿爸，回家了

日常詩人

一、陽台

被殘暴曝曬的胡姬
缺水的氣根
漸枯萎的詩

二、吸塵

把每一寸的土地都走遍
深呼吸，再深呼吸
滿滿一肺葉的詩粒

三、刷地

五體，投誠於地
重複的刷洗積垢已久的業障
一隻龜的前世

四、洗衣

打開轉了幾世的門

發現被擰乾的詩

斷成滿地的截句

五、晾衣

是誰，躡手躡腳地離開

下午四點的太陽

原來是躲藏在衣物裡的水滴

六、熨衣

攤開皺了的長詩

把字，一顆顆

熨平

七、麵包

把汗水和寂寞使勁搓揉

然後發酵成一座

鹹鹹的詩

八、洋蔥

你的淚，和我的淚

借著利刃

續一段孽緣

九、腌菜

被柴火熏乾　被粗鹽腌製

浸泡太久的詩

待出土已是前生

十、盛夏

熱帶假裝也有盛夏
趁六月以太陽當借口
燃燒窗戶

十一、雨過天晴

灑落窗前滿地的
都是渾圓的
小黑影

十二、看電視

你的顛沛流離和美麗憂愁
在夜晚哀傷低吟
等待天明

我想念你的 30 件事

那等不及天亮就喋喋不休的噪鶥
呱啊、呱啊、呱啊
昨天的晴、多雲、偶陣雨
一連七天的雷、閃電
海水自天空傾瀉
建成一座濕透的城

他們教會我們這叫風飈

518 號的巴士長途跋涉至繁華盛世
地鐵往地底最痛處延伸
忽然破土而出，落盡一地的熱帶櫻花
站崗的樹木和晚霞在長路的盡頭
入夜太疲累，島中心太深
只能在明暗的邊緣行走於河的走廊

遠遠，看著水獺在求存

暗號似的語音，囈語般呢喃
夾在班蘭香之間飄忽著
綠色，和綠色，漂染成深綠色的通道
狹窄的盒子裡住著忙碌的靈魂
週末把自己的影子捲起
到植物園去野餐，攤開一席悠然
伸手抓一把蒲公英
卻原來是出走的交響樂

街口，悲涼的二胡從高樓處跌落
屍首橫跨在那個叫烏節的地方
五光十色的門，七彩繽紛的人
地球濃縮在十字路口

交通燈花朵般盛開

還有那滾熱的鑊、沸騰的水
肩膀挨著肩膀
雨傘霸道的躺在桌面
雲吞麵、炒粿條、咖喱麵、椰漿飯排著隊
咩呸烏和牛油談起戀愛
然後你聊起很久以前的老巴剎

而老榕樹的餘生，許就這樣過了
傍晚沿著沙灘行走
海風吹來，轉角
遇見一間書店

一盞燈，照亮黑暗裡的一座孤島

有鹿

雪會融化，夢想有期限。你
說。站在被白雪覆蓋的麥田中央。
雪深至膝。
入冬已久。
你往起伏不定的山路崎嶇而去，一轉頭，
一頭鹿安靜地凝視著你。
雙眼，溫柔的雪花。

日光不是日光，溫度沒有溫度。
把留在大衣上的歲月抖下烘乾，小心地
藏在箱子底下最左邊。
我們坐在露台喝咖啡，聊起——
將來如果雕一朵雪花，
要把它掛在門口，記錄這條冰冷的道路。
後來才知道，別人已經提醒我們，

山巒蜿蜒曲折，有鹿經過，滿山會開花。

因為冬季沒有盡頭，你天天鏟著結在車窗上的冰。
一道一道的冰痕，印刻在你的額頭。
記住那一種冷。
記住那一片空。
記住三尺的積雪。
記住那頭鹿，
溫柔的雙眼。

後記 ／ 美國華盛頓州一個小鎮，普爾門（Pullman），
每年下四個月的雪。公路上有「有鹿出沒」的路標。
冬天，有積雪，有鷹低空飛過，有鹿，有青春的夢想。

卷二

歷史／學家／之死

發現美人魚

你舉步艱難，畢竟卻也上了岸
帶著一海洋的悲傷和蒼老的靈魂
抓住一座島嶼
在愛情的沙灘
看見一隻美人魚

病詩四首

其一：咳嗽

醞釀許久，火山終於爆發
前世今生的積鬱都
義無反顧的出走
以熔巖，以灰

其二：偏頭痛

嚷嚷著把一座牆敲倒
敲、敲、敲、敲、敲、敲、敲
直至斷垣殘壁

隔壁，正悠然看風景

其三：發燒

有一團火在體內
燃燒久久不能熄滅
聽說，它有個名字
叫薪火

其四：耳鳴

宛如走過空谷
聽見風與風在交談
又或許，是你
鄉愁似的呢喃

熱賣的季節連記憶真心愛情都廉價了

售

八八

鳥人鳥事

忽然　一顆鳥屎
掉入一鍋好湯

上一堂歷史課

用青春把頭髮血染成火光
再用餘生把悲痛一根根去除
而歷史，是禿的

遺言

記得把我收藏的稻穗防腐成你餘生的護身符

復仇者聯盟

他們在海的邊緣奔跑
集體呼吸著放縱

赤裸著

鄉愁

不經意的打開窗
月亮蹦入懷裡
跌滿一地都是金黃的稻穗

收藏家

我收集一片片剪碎的影子
一如你收集我夜夜的哀嚎
珍藏生了根
長成黑暗的古堡
恆久，囚我

空闉

所謂四味湯不外乎等待、長夜、沉淪和遺忘

失眠

在濃密的夜裡我疾走
數著步伐　心跳　呼吸　睫毛
你愛我　你不愛我　你愛我　你不愛我
這樣等待重生

日正當中

越來越接近火焰山
連影子都屍出焦味

明天，我們約好移民去冰箱

有人

有人跌入空谷
聽見絕境的回音
回頭，只見一株孤獨的樹
和一根繩索

歷史學家之死

把膝蓋移植到脖子
把眼睛移植到腳板
拿心臟填補歷史的坑

結婚這件事

買一包五味雜陳的香料
滷一鍋的愛情
循環再循環
濃縮成最後一碗
習慣
擱在餐桌上

卷三

荒謬／日記

小王子

天黑的時候要開燈
從第一盞到第十七盞
開　關
開　關
開　關
重複三次

經過地鐵站的時候要數地上的格子
從第一格到第兩百七十六格
一　二
一　二
一　二
重複三次

我喜歡從泥土裡捏出一條蟲
那是我灌溉的玫瑰
我必須看 365 次的日落
那是我豢養的狐狸
我總是低頭走在左邊
而他們總是竊竊私語

所以在我變成蝴蝶之前
我要對我的花朵負責

殺人犯自白書

這個情節是個慢鏡頭
我斟酌了很久
水果刀是新買的道具
導演說　要毫不猶豫的
對準胸前偏左心臟的中央
筆直的　快速的
一　　　刀

我照做了

因為你常說我不聽你說話
所以我這次專心的聆聽
聽你的肌肉輕輕被撕裂
聽你的血液緩緩地流動然後激流然後回歸
平靜

因為你常說我不夠溫柔
所以這次我認真感受
感覺經過你層層的肉體直達柔軟的心臟
感覺你的體溫慢慢退卻然後
恆溫

導演說這場戲就要完結了

當初我們帶著一把泥土來
以為可以堆砌成一座島嶼
只是我們忘了國籍和國籍之間是條洪流
所謂島嶼其實是一座城牆
而我在城牆外溺斃

所以我遇見了導演

是他教會我如何重塑一片天空
是他讓我重獲靈魂的自由
他說這是最好的結局
你的　我的　我們的
終結

我知道他們都說我就是那個導演
我訕訕地笑著
我是清醒的而他們沉睡著
所以他們不曾遇見他

就讓我們回家吧
我會帶著你的心臟和
雙
眼

蛇

叢林中
總是在最陰暗的角落
眈眈
等待最致命的一次出擊
以利齒　以劇毒
又或者
以最絕情地糾纏

光明磊落如你
總以為這樣的存在
已經絕種
卻不料仍然在
鋼筋森林裡
出沒

板橋的荒謬日記[1]

日出後我們在屋頂種稻
在路邊種石頭
我們用椰子占卜
坐飛毯去尋人

入夜後擁擠的魚群在隧道裡游泳
血在水裡溺斃
我們家投胎成高速公路
然後齊齊患上老年失智症

天空落下的彈雨在地面開出花來
不如我們吃掉肥肥小小的手指頭
剁碎胖胖的臉頰肉
製成人肉叉燒包
然後我們牽手一起去天堂

喂，你，你回來
你已經移民到板橋了
快換上睡衣去走紅地毯
你這樣的燕尾服成什麼樣子
真荒謬

註釋

[1] 板橋：指板橋醫院（Woodbridge Hospital），是新加坡心理衛生醫院（Institute of Mental Health）舊稱，主要治療精神、心理病患的單位。

攝氏三十五度

夏天以為自己是冬天
菊花以為自己是玫瑰
枸杞子以為自己是榛果
涼茶以為自己是鮮奶
假如繼續攝氏三十五度
乾脆移民到冰箱
假裝自己是藍眼睛

一房一廳

其實我喜歡這樣親密
手臂挨著手臂
臉頰與臉頰之間只有不到一寸的距離
我可以感受你的呼吸，甚至有點窒息
我們在這樣的車廂這樣的空間搖晃著
我看著你閉著眼睛，假裝你沒有看見
我顫顫巍巍地就快崩塌
我們都假裝這樣的速度這樣的快感
讓我們更興奮
手臂挨著手臂，臀部挨著臀部
抵達後我們各自大汗淋漓

我也喜歡這樣的親密
你睡上鋪我睡下鋪
房間與客廳之間只有地上那條，你

五歲的時候用美工刀刻出的線

我可以聞到你的汗味，甚至有點窒息

我們在這樣的房子這樣的空間晃走著

假裝書房和廚房不曾交集

我們都假裝這樣的界限這樣的分隔

讓我們很自由

聲音挨著聲音，裸體挨著裸體

深夜聽見碗和碗在漆黑狹窄的碗櫃裡作愛

進化

把臉
埋在　書裡
用手指跟蹤前男友
一邊吃著平面的午餐
沒有發現
眼睛長出了繭
手指長出了觸鬚
右手長出了
新的前肢

午夜理髮店之 WHY · NOT

玻璃門以 30 度的弧度悄悄的
　　於午夜十二點被打開
她幾乎躡手躡腳地像一隻貓無聲地
出現
我的心靜靜地蟄伏
然後溺斃在她寂靜的溫柔當中

「你來了」　我的聲音在顫抖
聲波與聲波交織成遇見的波瀾

她佔據了那留給她的位子
她說她的名字叫 WHY
褐色的頭髮，褐色的眼珠子，
　　褐色的雀斑，近白色的細緻的肌膚
她修長的身影冷冷地映在塞納河左岸

她微笑，帶蒙娜麗莎式的輕蔑
她精心打造的微亂的髮髻和若無的妝容
她的眼角，有魚游過，挺浪漫的
然後一陣微風拂過，留下她的花香
瀰漫開來

午夜，我被暈眩了
以理髮師的雙手穿過她的褐色的
　　有些粗糙的髮絲
心在黑夜裡悸動
如果，我只是說如果
我用手中鋒利的刮刀，自她額頭，
　　啊　那美麗的額頭
往左右分隔，輕輕，從額頭到腳趾
把她雲片那樣收藏

而後提取那近白色的細緻的肌膚的精粹
以蒸餾的方式，以數天、數月
以日月，以天地
以浪漫，以愛
我要把她的花香藏在編號五的玻璃瓶
讓我的體溫豐富她的香氣

呵　她閉上了褐色的眼珠子

倏忽，子時已過
鏡子前的褐色雀斑忽然甦醒
褐色的頭髮散落一地
小巧的牙齒迫不及待的長大
眼珠子發出綠色的精光
四周有火焰來復仇

德古拉深夜來尋找他的新娘
就在我的理髮店

聖母院打開一扇天窗
鐘樓怪人趁機逃離
披一件黃色的風衣
我回頭，左手拿著刮刀
站在廢墟中，只有我
和鏡子前編號五的玻璃瓶

她是個法國女孩，名叫 WHY·
NOT。

運動員之死

他蹲下繫鞋帶
打個蝴蝶結
站起來，原地踏步三分鐘
然後開始努力跑步
晴天　陰天　雨天　什麼天
從日出到日落
他超越成績指標
即便沒有人為他鼓掌

他蹲下繫鞋帶
打個蝴蝶結
站起來，原地踏步三分鐘
他開始攀登高峰
不管山路如何陡峭險峻
峰迴　路不轉

他蹲下繫鞋帶
打個蝴蝶結
站起來，原地踏步三分鐘
然後轟然一聲
他聽見　遠方有人
他閉起雙眼
臉　貼著被踐踏的大地
啊不，被踐踏的他的影子

然後他聽見　遠方
有人　思念著他
直至他遠去

他仍然在思考著
運動的意義

演說家之死

忽然清晨聽見鳥鳴
忽然傍晚聽見狗吠

街角那個穿黑色大衣
天天單膝下跪演講的男人
說，雞飯太貴
樓層太高
跑車太快
Black is the New Black
的男人
陳屍街頭
臉上帶著口罩

城市有傳聞
他原來，嘴巴

不

見

了

剩下半張臉

第二天，口罩斷貨

忽然清晨聽見朝露的嘆息

忽然夜晚聽見蟾蜍的悲鳴

螞蟻之死

你懸掛在窗前
半個你飄著，就要飄回遠方
揮動著左手的尾指
你撥動空氣殘留的一絲呼吸
晨光在霧氣中逐漸瓦解

你自眼縫中看去
看見自己翻山越嶺
看見海市蜃樓
看見，你留下的一雙眼睛
然後你嘆了一口氣
或者你還留下囈語
譫妄中，你跨過殘酷的時間線

傷口還是溫熱的

疤痕卻已經增生，一如你
匆促完結的青春

我們在場外看一出默劇
散場以後
一具屍體橫躺在月光之中

是你，一隻被捏死的螞蟻

518 號巴士

你在終點上車
要到哪一個終點
你背著書包
潔白的校服其實並不潔白
在領子暗處有污漬
好像你單純的雙眼有一種疑惑

你撐傘，上車前把日光收起
瞬間恢復你的陰暗

你低著嗓音和他爭吵
彷彿有誰抱歉了誰
你低著嗓音給他唱歌
彷彿有誰試著催眠誰
你喧鬧著，對人群無睹
嘲笑著在正午陽光下曝曬的無力感
你打噴嚏，對人群過敏

而隔壁的阿姨皺著眉頭
低頭在另一個時空憂慮
你等待著一次的停頓
好讓你下車，偷偷喘口氣

我們上了高速公路
奢望這次是生活的直通車

你經過大牌 100 號至 800 號
經過有地的花園
經過高檔的圍牆
經過遊樂場再遊樂場再遊樂場
經過落滿地的熱帶櫻花
你經過烈日，經過烏雲
經過風，經過雨

結果你來到終點
結束了一段奇妙的旅程
像看了一場電影

囤積者

一、

天亮了，你卻沒有天亮
日光劃過你的左耳，卻像月光
你牽起左邊的嘴角
好像有一絲微笑，啊 或者
是一絲顫動
你嚅囁說，昨天你找到寶藏
喏，左上角靠窗那疊
整齊的塑料袋
你的盒子疊著盒子疊著盒子
衣服堆滿衣服堆滿衣服
寶藏蓋滿寶藏蓋滿寶藏
你跨過 1976 年的南洋商報
泛黃的，一如你的雙手
卻跨不過去廚房煮水

跨不過去她離開那天
你孤獨匍匐前進，在黑暗裡
回憶泄洪，漸漸把你溺斃

你牽起左邊的嘴角

二、
說不定哪天她回來吶
等她回來，再繼續看報
衣服，要留給她穿
餅乾，要留給她吃
天黑了，天亮了
我已經襤褸很久
拾荒著被丟棄的回憶
我收藏著被遺棄的承諾

說不定哪天她回來吶
紙袋要留住
裝滿我的、她的思念

我的愛情層層疊疊成我的堡壘

三、
他們說屋裡住著一個老伯
陪伴著老鼠和蟑螂
住著腐臭和黑暗
還有過去和前世
他們說老伯身上住著一個時代
刺青著兩條龍，兩隻虎
自 1976 年就開始老去
老成模糊的鱗片，鈍挫的虎牙

他們說後來天花板漸漸變矮
矮到老伯頭上兩寸間
他們漸漸遺忘這道門
被時代侵蝕成廢墟
後來他們就找不到老伯了
他們說老伯堙滅於黑色的漩渦
他們說最後看見老伯左邊嘴角
揚起一絲微笑
他們說天一直黑著
直到最後的璀璨火光

四、

第二天，他們找到捲縮的焦屍

走廊有棵石榴樹

這樣的雷電交加正好，他說
那我們就可以固執的
名正言順的在這裡
留戀
反正，反正都死了

這樣的雷電交加最好，她說
你聽，隔壁座的阿伯又咳嗽了
就只有他，燈光昏暗的他家
竟還看見炊煙裊裊　在雷雨間
就只有他，還呢喃著生是這裡的
人　死是這裡的鬼

走，我們去給天公上柱香，他說

電梯患上老年燥鬱症
我們在幽閉的空間上下
我們在幽閉的空間窒息
我們在幽閉的空間彌留
我們穿梭於樓層與樓層之間
我們收集過去
於每層樓的電梯口

走，我們去吃香燭，她說

末期的樓房投胎成公路
我們投胎成異鄉人
在這雷電交加的歲末
走廊的盡頭有棵孤零零的石榴樹
在招魂

生病記

把耳朵鋪在馬路上
只聽見轟轟的聲音在奔跑
他們說我耳鳴
把眼珠子掛在樹上
看見森林突變成灰色的鋼筋
天空突變成白內障
他們說我還有結膜炎
把鼻子貼在草地上
草地忽然漲潮
漲成了湖泊
潮起潮落
記憶開始窒息
而後被攝氏 35 度的太陽曬成 39 度
他們說我對擁擠的樂園感冒

我家的娃娣

我思念那片蔚藍
像被腌製的魚思念著海洋

清晨五點的禱告
安靜得覆蓋成你的襁褓
我在禱告聲中啃噬著指甲
數著掉落的頭髮
收集一根根的別離

聽說你的眼睫毛不怕下雨
聽說你長成自然卷
聽說你的牙齒掉在熟透的香蕉裡
聽說你的眼睛濕潤成湖泊
聽說你壯碩成一座山

我把有關你的傳聞備忘在冰箱的冷凍格裡
在洗衣機的旋轉期裡
在花園的泥土裡
在潮濕的抹布裡
在熨斗的蒸汽裡
在滿溢的洗碗槽裡
在陌生人的呼吸裡
偶爾，我偷偷讓一滴淚回去窺探
把你的耳朵藏在我的枕頭
你的手心躲在我的抽屜

我思念那片綠
像被遺棄的雨水思念著雲端

備註 ／ 娃娣（Wati）是一個普通印尼女性的名字。
新加坡許多家庭幫傭都是印尼女性。

身為女人

我們是那個撿紙皮的婆婆
專門回收被丟棄的情感
我們是那個擺攤的算命佬
盤算著前世今生
我們是那個咖啡嫂
吆喝著端來人人的癮頭
我們也是那個收拾碗盤的大叔
整理清潔狼藉的日子

我們鬼迷了心竅
在街頭拉二胡奏著一曲戀愛的輓歌

我們還是那隻該死的蜘蛛
苦苦糾纏著一絲牽掛

這樣的苟且

元旦

自 38 度角冉冉升起一座灰燼的城市
我佇立於厚且烏黑的雲層底
以半張惶恐的臉，迎來
啞了的風
全盲的雨
而閃電瘸著，爬過堆積如山的屍體

或者我回想昔日放縱卻混濁的自由
繁華而呱噪的風景
又或者我記得昨天安靜無人的大地
無聲卻美麗的天涯

我佇立於高聳的城牆中
緩緩攀爬的藤蔓
覆蓋我漸綠的雙手

而遠處，晨光熹微
墻腳有本翻開的書
一隻螞蟻在讀著詩
逐字
逐字

常年健康檢查

仔細的把大腸拉出來
確實應該反覆清洗
哪天習慣了沒有清理桌上的殘羹
留下蒼蠅飛過的路線
振振有詞地說，我路過而已

而這心臟是我的嗎？
多條血管似乎阻塞
哪日心臟不再跳動，看見
在邊緣徘徊的人時便只是
一團僵硬的肌肉

攬鏡自照，我是我
我不是我
把肋骨一根根抽出

掛在陽台曬乾
別忘了脊椎骨
椎間盤要排隊立正站好
一如我的腳趾頭，循規蹈矩

血液要正常值
肺活量要經得起驚嚇
至於脂肪膽固醇什麼的
哪次不留心，就是節節上升
的數字
而骨頭與骨頭相互磨研成粉

總有一天，我的骨灰會
長成一片花園

居家上課

老師，我遲到了
電源被切
我四處找錢
櫥櫃，抽屜，枕頭下，報紙堆
趕去付電費

Sorry Cher[1]，我遲到了
弟妹在哭
Wi-Fi 斷線
樓下的 uncle[2] 喊上來
安靜 lah[3]，sibeh ca[4]

對不起 Cher，我遲到了
Har?[5] 我的阿爸阿媽？
阿媽 ki siao liao[6]

阿爸啊
阿爸在等天黑，天亮
還有十年要等 sia[7]

Cher, I am late
我看，你不要等我了
我的 laptop 去了當鋪
等以後我長大
我請你喝一杯
Kopi-O siu dai[8]

老師

註釋

[1] Cher：新加坡式英語，是英語 Teacher（老師）的第二音節。通常是學生與比較熟悉老師的稱呼。

[2] Uncle：新馬一帶可泛指成年男性，同叔叔一詞。

[3] Lah：新加坡式英語，同語氣詞「啦」；但音調的改變可以從肯定句改變成問句等。

[4] Sibei Ca：新加坡式英語，由閩南語轉化而來，指「非常吵（鬧）」的意思。

[5] Har：新加坡式英語，同台灣口語／網絡用語的「蛤」，夾帶疑問、懷疑的口氣，音調改變，亦可作為比較嚴肅的問句。

[6] Ki Siao Liao：新加坡式英語，由閩南語轉化而來，可指「發瘋了」、「糟糕了」之意。

[7] Sia：新加坡是英語，又馬來文轉化而來，在此作為語氣詞，有半肯定夾帶微囂張的意思。

[8] Kopi-O siu dai：新加坡式口語，「Kopi-O」來自閩南語，漢字可表述為「咾呸烏」，指南洋一帶特殊重烘焙的黑咖啡；「siu dai」指少糖，有時亦表述為「siew dai」。

世界一如你所想

你從深夜開始奔跑
跑過清空的超級市場
煙硝彌漫的公路
被遺棄的遊樂園
跑過停止穿行的巴士
沒有音樂的歌劇院
一顆孤星，掛在夜空
世界一如你所想的那樣孤單

奔跑一直沒有盡頭
躲過暴風雨落下的瓦礫
跨過成河的血淚
烏雲漸漸把你包圍
你迷路，環顧四周
都是一片生命的焦土

忽而她在你耳邊呢喃，竟震耳欲聾
一顆心臟，掛在左邊
世界一如你所想的那樣黑暗

心奔跑至無止境的邊界
一團傷痛似腫瘤吞噬著胸口
四肢、五官齊齊出走
然後發現宿命回來糾纏
在滿目瘡痍的廢墟中
我們都變成全盲的瞎子

遠方，有烽火
內心，有戰爭
攝氏二度
世界一如你所想的那麼冷

烏托邦

第一天

據說始於久遠原初之時，天空尚
蔚藍，雲　尚未成型
樹木、河流、山巒
花朵、土地、海洋
緩慢　緩慢地呼吸

劍龍、迅猛龍、暴龍
翼龍、獨角龍、禽龍
精英制度的雛形漸漸明朗的那個年代
誰主宰誰，誰又被誰宰殺
沒有誰會想到盡頭在哪裡
即便是傳說中的龍

假設那是一場悲劇式的鬥爭
一場不顧一切的搶灘
猙獰、以致血肉模糊的誅滅
假設，那是始祖生存的意義
假設，在一個時間點意義從此幻滅
而生命對未來不曾仁慈
大地終將分裂成五洲、成島嶼

大災害，或是大爆炸
毀滅，是唯一的辦法

第二天

游離於暗物質之間，猶記得
在河畔，在廣場，在咖啡館

咄咄逼人的質問著
假如有股力量決定著善惡，那
什麼是善，什麼是惡
假如誰被誰主宰，誰又如此殘忍
鋪陳的條條都是絕路
假如道德有條界限
被劃分的是對與錯，還是錯與對
假如正義最終都會勝出
為什麼沿途要犧牲天明

如何雄辯、如何滔滔不絕
誰站在本性的一方
誰以武器來反駁
誰以十九個孩童、百個青年、萬個成人
千瘡百孔的身軀

糜爛的心臟
來為自由佐證

大屠殺，或是大救贖
沉淪，是唯一的解釋

第三天

流傳下來的是大河緩緩呼吸的聲音
經過蒼郁的大地，後來被給予一個
磅礴的名字，叫母親

每一方土地都有一個母親
撫育一代代的孩子
以蘆葦、以清澈的河水、以沃土

以樹蔭、以和煦的溫度、以冰雪
平心靜氣的海洋
沉睡的巨人

而某些物種是善忘的
尤其經歷過所謂發現真相的洗禮後
忘記如何撒網
忘記如何織布
忘記如何勤耕
忘記如何冬藏

如此頭也不回的背棄信義後
身心俱疲的母親奄奄一息
皸裂的皮膚，乾涸的血脈
而人類不曾為母親的土地流過一滴淚

大反撲，或是大決裂
絕種，是唯一的出路

第四天

文明始於把樊籬築起的那天
天空正蔚藍，海鳥飛過沒有分界的海洋

歷史被嵌入壁上、井裡、磚塊中
被埋在瓦礫裡、地底、衣物堆間
有時，以口述的方式流傳下來
有時，以斑剝的姿態，掙扎著不被遺忘
有時，遺下炮灰消散在雲霧繚繞中

文明以一磚一瓦、一層一層的建立了邊界

邊界以文字、以詩，建立了歸宿
歸宿以世世代代建立了我
我卻惶恐逃離了模糊的界線

而所謂安居樂業相敬如賓
甚或是行俠仗義
原來都是海市蜃樓
總還是有人，暴戾的把樊籬拆除
立志回到文明以前，沒有邊界的疆土

大侵略，或是大逃亡
滅種，是唯一的理由

第五天

瘟疫是一次又一次的輪迴
每次輪迴，總是更浩蕩
最後一次，更是戴著一頂皇冠
以火山爆發之姿
熔巖覆蓋了大地

人類是喝了孟婆湯的物種
忘了前生如何逃亡
兀自倉皇詢問：
距離可以嗎？
築墻可以嗎？
猜忌可以嗎？
分裂可以嗎？

孤島可以嗎？

而瘟疫是一次又一次的肅清
自生靈手中奪回
被粗暴侵占的天空
還於它藍色

大反抗，或是大圍堵
距離，是唯一的結局

第六天

奴役，歷史，根
民主的反諷
南北，或東西，

憎恨，或摧毀，
槍彈，或蘑菇雲
正義，或訣別

宿命，業障太重
世代償還，永恒
以命運
而後遺忘
跌入萬劫，不斷
的

侵略，暗襲
大海嘯，大地震
你的未來
屍首堆積

如山

至於大出走
大逃亡
無聲，
唯一的自由

第七天

烏托邦就是這樣不斷摧毀不斷建構而成的

後記

此生，一座孤島◎蔡欣洵

小學六年級的時候，李老師叫我寫一篇文章投稿給校刊。我寫了一首詩交給她。李老師看了一會兒，去找隔壁班的羅老師，兩人在課室外小聲講話，拿著我的詩。後來李老師把詩作交還給我，上面改了幾個字。我正式寫的第一首詩，題目是「風箏」，寫給已經過世的父親。老師要我把最後一句改成「爸爸，您安息吧！」。我忘了詩的內容，只記得心裡不是很願意，因為覺得這樣寫就俗掉了。這件小事我一直記了下來。或者，是因為這是我第一次對於自己的詩有所要求。

中學的時候，開始投稿給當時的《南洋商報》副刊。〈十二月〉刊登出來後不久，在一場作文比賽遇見了小學時指導我備賽的梅老師。梅老師說：「我讀了你的詩，非常感動。」那時，我是個靦腆內向的女生，不知道應該跟老師說什麼。只是把這件小事也記了下來。

是這些小事，讓我從此沒有停止寫詩。

我身邊的人都縱容我寫詩。高中的時候，寫了一首長詩〈歸去來兮〉，想要參加學校的比賽。媽媽看完，說，你不要去參加學校的比賽，把詩投稿給《文道》月刊。那時，《文道》是一本純文學刊物。媽媽鼓勵 17 歲的我投稿。後來真的刊登了，還在「主編的話」中被提及。教華文的楊老師有天看到了發表的詩，非常驚訝。那時，學校的文學氛圍特別濃厚。我常常在學校的刊物發表詩作和散文。數學老師看見我寫詩，沒有做功課，輕輕說：「又寫詩啦。」倒也沒有懲罰我。

是這樣的環境，讓我從此沒有停止寫詩。

我小學時看的第一本詩集，是余光中的《鐘乳石》。書本很舊，是媽媽在台灣留學回國時帶回來的。那時我們的物資比較匱乏，生活簡單。課外時間、假期，沒有什麼玩的，就只有看書。中學這五、六年間，我從《家》、《春》、《秋》看到《憩園》和《雷雨》，從金庸看到瓊瑤、亦舒、倪匡、三毛，再看到鄭愁予、席慕蓉等，最後看到《紅樓夢（程乙本）》，一直很努力地看。

是這樣的土壤，讓我從此沒有停止寫詩。

寫詩是孤單的，讀詩是孤獨的。你讀到的、理解的，或者不是我的原意，也不是我所想的。不過沒有關係。我們的生活、所面對的困境等等都不一樣，讀詩時所激發的情感自然也不一樣。讀詩，到最後，如果能夠把詩讀到自己的心裡去，那詩人也就可以安心了。

詩人是敏感的。對於人、事、物，不知道幾時，就會有一個詩句浮現。也許在開車的時候，在紅綠燈路口，在煮飯，洗衣服，開會……所有的詩，都不是坐在案前寫成的。有時有一兩句塗鴉似的留在筆記本，跟會議記錄混在一起；有時寫在咖啡座的紙巾、食閣的收據。後來在小小的手機屏幕上一個字一個字地打。更多時候，一首詩要分開寫很多天，一天一行，一天一點光。

雖然看似很草率，很匆忙，但是這就是詩的本質。詩源自於生活。沒有以生活作為創作基礎的詩是表面的、是貧乏的。無論生活如何營營役役奔波勞累，都是詩歌成熟的溫床。我的中學同學們總以為我是那個不食人間煙火的女子。後來成年後再混熟了一些，才發現原來寫詩的人，生活得比誰都認真。

這本詩集收錄了我 2015 年至 2022 年間的作品。這幾年，是我創作最勤的時段。我想，這和家裡添了一個小孩有關吧。因為小孩，生活更豐富精彩，也滋養了創作。所以，與其說這本詩集是我寫詩多年的結晶，不如說是我生活多年的累積吧。

此生是一座孤島，漸漸長有叢林，郁郁蒼蒼，長成一個「詩托邦」。

—— 完 ——

附錄 ｜ 作品發表日期

第四期彌留——悼一名風華正茂卻無奈提早離世的女子
—— 原載於《聯合早報》副刊〈文藝城〉，2016 年 11 月 10 日；後收錄於柯思仁主編《2016 年文字現象》（新加坡：聯合早報華文媒體集團，2017），頁 233。

夢魘
—— 原載於孤星子主編《一首詩的時間 2015》（新加坡：時代精神書屋，2016），頁 200。

願你心中長出一首詩
—— 原載於《聯合早報》（新加坡）副刊〈文藝城〉，2020 年 9 月 9 日。

葬禮
—— 原載於陳文慧主編《一首詩的時間：第二輯》（新加坡：時代精神書屋，2017），頁 176-177。

結婚週年紀念日
—— 原載於黃明恭主編《赤道風》（新加坡），2019 年，第 104 期，頁 145。

油漆未乾
—— 原載於黃明恭主編《赤道風》（新加坡），2020 年，第 106 期，頁 179。

少年遊——致青春的米都，亞羅星
—— 原載於《台客詩刊》（台灣），2018 年，第 14 期，頁 72。

人生清單
—— 原載於《聯合早報》（新加坡）副刊〈文藝城〉，2018 年 1 月 30 日。

一天
—— 原載於《聯合早報》（新加坡）副刊〈文藝城〉，2020 年 4 月 24 日。

時間旅人

—— 原載於黃明恭主編《赤道風》（新加坡），2022年，第109期，頁117。

耄耋之年

—— 原載於《聯合早報》（新加坡）副刊〈文藝城〉，2017年4月13日。

如何一個人吃晚餐

—— 原載於《聯合早報》（新加坡）副刊〈文藝城〉，2017年10月26日。

阿爸的收藏品

—— 原載於成君主編《新華2017年度文選》（新加坡：新加坡文藝協會，2018），頁222。

日常詩人

—— 原載於《聯合早報》（新加坡）副刊〈文藝城〉，2021年8月11日。

我想念你的30件事

—— 原載於《聯合早報》（新加坡）副刊〈文藝城〉，2022年3月30日。

有鹿

—— 原載於語凡主編《新加坡文藝報》（新加坡），2022年8月，第104期，頁19。

病詩四首

—— 原載於《聯合早報》（新加坡）副刊〈文藝城〉，2019年2月26日。

收藏家

—— 原載於周德成、劉瑞金、歐筱佩主編《五月詩刊》（新加坡），2018年，第43期，頁19。

空閨

—— 原載於周德成、劉瑞金、歐筱佩主編《五月詩刊》（新加坡），2018 年，第 43 期，頁 18。

失眠

—— 原載於周德成、劉瑞金、歐筱佩主編《五月詩刊》（新加坡），2018 年，第 43 期，頁 17。

日正當中

—— 原載於周德成、劉瑞金、歐筱佩主編《五月詩刊》（新加坡），2018 年，第 43 期，頁 19。

有人

—— 原載於周德成、劉瑞金、歐筱佩主編《五月詩刊》（新加坡），2018 年，第 43 期，頁 18。

結婚這件事

—— 入圍六行詩專輯，原載於《台客詩刊》，第 14 期，2018 年 11 月，页 122。

殺人犯自白書

—— 原載於陳文慧主編《一首詩的時間：第二輯》（新加坡：時代精神書屋，2017），頁 152-153。

蛇

—— 原載於孤星子主編《一首詩的時間 2015》（新加坡：時代精神書屋，2016），頁 206。

進化

—— 原載於《聯合早報》（新加坡）副刊〈文藝城〉，2017 年 7 月 6 日。

螞蟻之死

—— 原載於《聯合早報》（新加坡）副刊〈文藝城〉，2021 年 5 月 12 日；後收錄於林高主編《2021 年文字現象》（新加坡：聯合早報華文媒體集團，2022），頁 224。

518 號巴士
—— 原載於《聯合早報》（新加坡）副刊〈文藝城〉，2017 年 11 月 28 日。

囤積者
—— 原載於黃明恭主編新加坡《赤道風》2019 年，第 102 期，頁 109。

走廊有棵石榴樹
—— 原載於《聯合早報》（新加坡）副刊〈文藝城〉，2017 年 5 月 9 日。

生病記
—— 原載於《聯合早報》（新加坡）副刊〈文藝城〉，2017 年 8 月 15 日。

我家的娃娣
—— 原載於《聯合早報》（新加坡）副刊〈文藝城〉，2018 年 10 月 11 日；後收錄於林康主編《2017 年文字現象》（新加坡：聯合早報華文媒體集團，2019），頁 235。

身為女人
—— 原載於《聯合早報》（新加坡）副刊〈文藝城〉，2017 年 9 月 5 日。

元旦
—— 原載於語凡主編《新加坡文藝報》（新加坡），2022 年 4 月，第 103 期，頁 24。

常年健康檢查
—— 原載於《聯合早報》（新加坡）副刊〈文藝城〉，2021 年 7 月 9 日。

居家上課
—— 原載於成君主編《新華 2020 年度文選》（新加坡：新加坡文藝協會，2021），頁 206。

世界一如你所想
—— 原載於《聯合早報》（新加坡）副刊〈文藝城〉，2022 年 4 月 22 日。

新加坡國家圖書館出版品預行編目（CIP）資料

National Library Board, Singapore Cataloguing in Publication Data Name(s): 蔡欣洵 . Title: 诗托邦 / 作者 蔡欣洵 . Other Title(s): 文学岛语 ; 012. Description: Singapore : 新文潮出版社 , 2023. | 繁体字本 . Identifier(s): ISBN 978-981-18-7142-9 (Paperback) Subject(s): LCSH: Chinese poetry--Singapore. | Singaporean poetry (Chinese)--21st century. Classification: DDC S895.11 --dc23

文學島語 012
詩托邦

作　　者　蔡欣洵
總　　編　汪來昇
責任編輯　歐筱佩
美術編輯　陳文慧
封面繪圖　梅志雄
校　　對　蔡欣洵　歐筱佩　洪均榮
出　　版　新文潮出版社私人有限公司
TrendLit Publishing Private Limited (Singapore)
電　　郵　contact@trendlitpublishing.com
法律顧問　鍾庭輝法律事務所 Chung Ting Fai & Co.

中港台發行　秀威資訊科技股份有限公司

新馬發行　新文潮出版社私人有限公司
地　　址　37 Tannery Lane, #06-09, Tannery House,
Singapore 347790
電　　話　(+65) 6980-5638
網路書店　https://www.seabreezebooks.com.sg

出版日期　2023 年 10 月
定　　價　SGD 26 ／ NTD 300

建議分類　現代詩、新加坡文學、當代文學